Winfried Wagner
Mir Schwoba send hald ao bloß Menscha

Winfried Wagner

# Mir Schwoba send hald ao bloß Menscha

## Schwäbische (Un-)Tugenden humorvoll und ernst betrachtet

mit Zeichnungen von
Bernd Dieter Reusch

Knödler Verlag
Reutlingen

4. Auflage 1996

Printed in Germany 1996
Gesamtproduktion: IPa, Vaihingen/Enz
ISBN 3-87421-097-9

Bschd, sei lais, noh les dr ebbas vor iber ons Schwoba. Du kaschs jo noo gar ed voll begreifa, was du fir ein Glick ghed hoschd, daß de als Schwob uffd Weld komma bischd.

## I moins doch bloß guad

Waß Omnebus, mir laufad.
Des duad dir guad,
mo du de ganz Woch
ed zom Haus naus kommschd!

## Von dr Schual fürs Leaba

*Mai Lehrer hod ällamol gsaid*

I

Mai Lehrer hod ällamol gsaid:
Kender, ihr derfad
em Leaba äwwl
bloß s Guade seha!

Aber wenne emmer
dra denga muaß,
wiea schee des wär,
wenne gnuag Geld hedd
ond nemme schaffa mißd,
no wurre noh ganz
meschugge.

II

Mai Lehrer hod ällamol gsaid:
Kender, wenns euch amol
vor irgend ebbas graußt,
oder ihr dend ebbas ed gern,
noh miaßd ihrs grad mit Fleiß do,
bis euchs Schbaß macht!

Jetzt gange scho
15 Johr lang
ens Gschäft,
aber Schbaß macha,
duad mers äwwl noed.

III

Mai Lehrer hod ällamol gsaid:
Kender, schbara hoißd
vrzichda uff da Konsum!

Des ischd doch mir egal,
noh gange hald en Co-op,
oder zom Pfannkuch.

IV

Mai Lehrer hod ällamol gsaid:
Kender, Lieaga hend kurze Fiaß!

Do muaße jo lacha.
I kenn oine,
do keed ma
grad moina,
diea laufe
mit Schdelza.

V

Mai Lehrer hod ällamol gsaid:
Kender, Selbschderkenndnis
ischd dr beschde Weg zor
Besserung!

Von wega ond so.
Seid i mi selber
so richtig kenn,
ka me eddamol
mai em Schbieagl
ahgugga.

**Dersch aber nermerd saga**

Manchmol erfehrd ma Denger,
mo ma ed weider saga sodd,
weil se schier s Schnaufa
ed vrdragad.
Aber send doch mol ehrlich,
wer kaa schao lang
s Schnaufa vrheeba?

## Deng dr no ao

Wenne so über
ällas nochdeng
ond s fälld mr
nix gscheids ai,
no wurde airschd
reachd nochdenglich.
Ond wenn no nommol
nix kommd,
no deng mr hald,
deng dr nix drbei,
weil:
s hod schao viel
Denger gee,
diea hend dengd,
se häbe ebbas
gscheids dengd;
drbei wärs viel
gscheider gwäa,
se heddads Denga
de Gäul überlao
ond lieaber ebbas
reachds gschaffad.

## Zeigs ed

Lupf bloß ed
da Kopf.
Zeig jo ed,
daß ders
guad gohd,
sonschd
griagschd
oina nai,
daß des
gern
besser
heddeschd.

## Machs Maul uff

Komm schwätz!
Schwätz ed
dromrom,
om da Brei.
Hao lieabr nai
mit dr Fauschd,
no woiße
wenigschdens
wiea hoiß
er ischd.

## S ischd ewich schaad

Wenns no uffem
Lebensweg an
Albverei gäb,
mo oim d Schildla
nahenga däd,
dammer wißd
mo nah dabba.

Jetzt so muaschd
hald selber gugga,
wiea de zreachd
kommschd,
wenn uff oimol
dr Weg uffhaird
oder de mergschd,
daß de jo em Kreis
rommlaufschd.

Abr i moin,
ao wenn d Schildla
hanga dädad,
keeds bassiera,
dammer amol
naidabbd
end Losung.

Holzweg
Weg zum Glück

## Nahschdao, solangs gohd

Solang de schdohschd,
wirschd mitdraga.
Wenn de aber hoggeschd,
wirschd fallalao;
ond wenn de leischd,
wirschd vrdrabbad.

## D Menscha send schbitze

I bewondere d Aifäll ond
d Ideea von de Menscha.
Also früher hend se jo
so jong schderba miassa,
weils koine reachde
Middala geh hod,
gegad Krangada.
Ond jetzt hod ma
faschd für jedas
Waihle a Salb,
Pilla oder Dropfa;
aber dr Mensch
mit saim granada
Aifallsreichdom
fend äwwl wieder
ebbas, monen
hee machd.

**Aua**
*(Zwiegespräch mit einem Zahn)*

Zah hör auf mit wai doo,
sonscht gange mit dr zom Zaharzt!
Abr noo kascht ebbas vrleba.
Der wurder schao drfür doo.
Ond aischpritza laß de no ao ed,
daß des so richtig schpürscht.
Hoffentlich vrgohders noo,
wenn der mit saim Bohrer
en dr rommfehrt
ond de so aushöhlt,
daß de bloß no a Ruine bischt.

Ooo – des zotzgad!
Zah, i sag ders, hör uff,
sonscht lasse
a Wurzlbehandlung macha,
noo isch abr romm,
noo kaerschd nemme zommer!
Noo kascht vo mir aus
blao ond schwarz werra!

Zah, hörsch ed?
Wennde jetzt ed guad duaschd,
noo laß de ziaga!

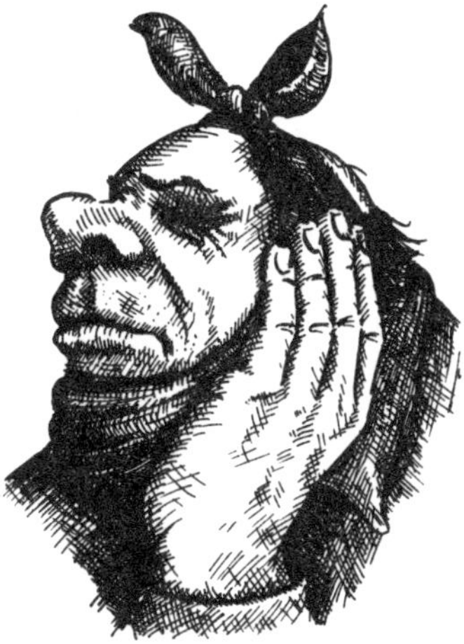

Aua! – Komm,
so hannes doch ed gmoind!
Auf, jetzt semmer wieder
guad mitnander;
woischd,
i will dr ehrlich saga,
i selber gang nemlich
ao ed gern zom Zaharzt.

## Wenns a ewicha Jugend gäb

Wenn noo d Kender ed
elder werra dädad,
no keedad se emmer
ihr jongs Gsichd bhalda.
Se wärad für emmer so
ohschuldich ond lieab.
Se heddad äwwl a Fraid
an ihre Eldern.
Se dädad niea heiroda
ond ihre Leid alloi lao.
Se dädad sich äwwl
uffd Geburdsdäg,
Oschdra ond Weihnachda
fraia.
Se briechdad ed dr ganz
Dag ens Gschäfd saua,
mießdad ed om
ihr Rende banga,
ond älle diea Krangada
ond Waihla durchmacha,
mo ma hald em
Alder grieagd.
S wär schao schee,
abr s ischd hald ed so.

Ond ebbas guads hods
Aldra ao an sich:
ma woiß gwieß,
dammers irgendwann amol
überschdanda hod.

**Vo nix kommt nix**

S ischd wiea bei ällam:
sobald d Menscha
druffrommfuhrwergad,
gohds henda hodd.

## Vrhebats noo

D Nadur biadat sich aa,
mer derf enra leba
ond sich anra fraia.
Abr em Grond gnomma
isch ras gleich,
ob de do bischd
oder ed.
Ond grad des macht de
jo so narrad.
De vrschandlaschd se,
bauschd ond scherraschd
uff ra romm,
wiea wenn de se
mitziehga wedeschd,
henderen Vorhang,
nochem letzschda Akt
von daim kurza
Gaschtschbiel.

**Oh Oma!**
*Oder: D Oma duad Fernseha*

Ach du lieabe Zeit Oba,
guck dr no ao mol diea
Gsiechder vo dänne
jonge Leid aa!
Diea vrlombde Kloider,
diea Bärt
ond diea lange Hoor!
Ja do muaß mer jo
Angschd han vor
dr Zuakunfd . . .

Machs ao mol lauder Oba.
Was hod der gsaid,
was des für oiner ischd?
An Sozialarbeider?
Ha do haird sich
doch ällas uff!
So a jonger Kerle
ond leabd schao
vo dr Sozialarbad!

Oba, Oba, mo soll
ao des no nahführa?
Do semmer bloß froh,
dammer schao so ald send.
Do miassad jo gao mir no
om onser Rende banga.
Ha so Kerle do
zahlad doch nix mai
end Rendavrsichrung nai!
Des wurd reachd,
des ka dr saga.

Do, jetzt guck ao na!
Des ischd wenigschdens
oiner, mo ma ahgucka ka.
Sauber ahzoga ond kemmd;
do siehd mas hald glei,
wer a guada Kenderschdub
ghed hod.

Ach Oba, guck dr doch
ao des lieabe Gsichd aa!
Do ka mer jo direkd
nommol Hoffnung schepfa,
daß doch no ahschdendige
jonge Leid gibd, moo . . .

Was sechd der Schbrecher,
was der do hod?
Heidamorga zwoi
Bolizischda vrschossa,
der Terrorischd
konnde endkomma . . .

Oba komm,
mach ao dän
Kaschda aus!

## Lamers

S ischd
wieas ischd,
wärs anders,
wärs ao nix,
mer loods,
no gohds.

## Elegie des Alterns

*Wiea sich ao Zeita endarad*

Früher, ender Schual,
hane dauernd Angschd
keed vorma Segser.
Heid hoffe dauernd,
daße an Segser han.

Früher hane diea Leid,
mo scho über zwanzig
warad, für ald ahguckad.
Heid bene schao a
bißle neidich,
wenn ois airschd
zwanzga wurd.

Früher hane äwwl
d Erwagsane griaßd,
ond heid griaßad me
schao d Kender.

Früher hane graue Hoor
endressand gfonda,
ond wenne heid em
Schbieagl bei mir
ois sieh,
no ropf mers raus.

Ond überhaubd,
früher hane ao no
dr ganza Dag über
jeden Grampf
lacha kenna,
ond wenne heid dän
Grampf ahguck,
no keede dr
ganz Dag heila.

**Ha, dees fehld mer grad noo!**

Was brauchad mir
Sex ond Erodig.
Jetzt send mai
Eugen ond i
zwoiafuffzg
Johr ald worra,
ond mir hend
onser Lebdag
no koin Sex
ond koi
Erodig brauchd.
So weid keemds
grad noo,
dammer voll ällas
des modern
Lommbazuigs
mitmacha däd . . .

Ja sag mol, mo send
denn de Jonge wieder?
Thomas, Ingeborg, Petra,
Beate, Günther, Robert,
Gaby, Bernd, Sabine
ond Daniela,
heerkomma,
s Essa ischd ferdich!

## Laß saua

Laß d Fenger drvo!
Dua daine Hend weg!
Lang ed end
Schboicha nai,
ond lassa saua,
da Karra!
Der mo am
Deigsl hoggad
wurd schao wissa
mos nah gohd.

## Pfui Deifel

S Geld
S Geld ischd dreckich
S Geld machd ed glücklich
S Geld vrdirbd da Charakder
S Geld schaffd Feindschaft
S Geld ischd mai Feind

Liebe deine Feinde,
wie dich selbst!

## Solle oder solle ed

Dures so,
keeds falsch sai.
Maches anders,
keeds groddafalsch sai.
Am beschda isch,
mr loods
wieas ischd,
weil oim
isch äwwl
ed reachd.

**Warda uff de Reachd**

Ed älle Mädla mo schee send,
send ao lieab zo oim.
De maischde wissads,
wiea se aussehnad
ond benemmad sich drnoch.

Ed älle Mädla mo wiaschd send,
hend drfür gnuag Geld.
De maischde wissads,
wiea se aussehnad,
ond deshalb send se ao
so lieab zo oim.

Ed älle Mädla mo reich send,
send schee ond lieab zo oim.
Se hends ed naidich
ond benemmad sich drnoch.

Jetzt i suach hald a Mädle,
mo schee, reich ond
lieab zommer ischd,
ond deshalb bene
ao no ledich.

**Wiea maches ao**

Wa kennad se ao heidzodag
ed ällas vrpflanza?

Oobstsorda uff nan andera Boom,
Herza en an andera Kerber,
sogar Heiser vrsetzad se;

abr wiea grieage des
bloß an mein Hond na,
daßr ed ällaweil
en main Fernsehsessl
naileid?

## Gfihl send gfährlich

Seide bei mir selber
amol vrleabd han,
wiea schnell so a
Lieabe en oim
endschdohd,
hanne Angschd
vorem heiroda,
weile äwwl
dradenka muaß,
daß des genao
so schnell ao
wieder aus
sai kaa,
bevor ma sich
ananander
gwehnd
hod.

**Wa wär ao noo?**

Wemma ao ämol
vorer wießd,
wa ma gern
schaffa däd.

Wemma ao ämol
vorer wießd,
wa ma for Kendr
uffziaga muaß.

Wemma ao ämol
vorer wießd,
wa ma for a
Schendmärr
heirodat.

No däd ma
beschdimmd
an andera
domma
Schdroich.

**Gassaengl**

Wenn de vor
de andre Leid
ao so wärschd
wia drhoim,
no däd sich
wenigschdens
nermerd mai
über maine
graue Hoor
wondara.

## Ehe als (Fisch-)Gericht

Kaum bischd
gfanga,
schao wirschd
ausgnomma,
bis dr d Schubba
vo de Auga fallad,
ond no hauad se de
end Pfann nai
ond hoizad dr so ai,
daß de dr gern
d Haut ra do loschd,
bloß daß de do
wieder raus kommschd.

**Dengschd du**

Wenn i denk,
was i woiß.
Wenn i woiß,
daß du
denkschd,
daß i woiß
was du
denkschd,
no denk i,
daß i woiß,
daß du
woischd,
was i
denk.

**S ischd schao a Elend**

Zairschd ischd ma
zo ällam z jong,
ond no, bis ma mergd,
daß ma zo ällam
grad reachd wär,
ischd ma schao
wieder z ald
drzua.

**Schwiela hane**

Schwiela hane
an meine Fiaß
vom rommsaua.

Schwiela hane
an meine Hend
vom schaffa.

Schwiela hane
an meira Seel
von de Leid.

## Ha sei so guad

Worom hoschd
ao nix gsaid?
Heddeschd doch
ebbas saga kenna!
Wenn ebbas los
ischd, des woischd,
i ben jederzeit
für die do,
de derfsch
bloß saga!

Wann? – Morga?
Au schad, noe,
also morga
hanne koi Zeit!

## Über kurz oder lang

Ao a kurza Schdiag (Treppe)
kommd oim lang vor,
wemma kopfübersche
naa haaglad.

**I däds**

Wenne keed,
wiane wedd,
no dädes;
abr ma lod
me ed,
weil se
wissad,
daße däd,
wenne keed,
wiane wedd.

## De sodde ond de sodde

S geid mai sodde
wiea sodde.
Gäbs aber vo
de sodde mai
wiea vo de sodde,
no soddad
de sodde
vo de sodde
a sodda
naigsodda
grieaga,

daß sich
de sodde
vo de sodde
nemme
onderscheida
soddad.

## So ischd des also

Was sagad Sia?
Dera ihr Jonger ischd
bei de Terrorischda?
Des han i mir glei denkt,
daß aus däm nix reachts wurd,
der hod jo eddamol
an dr Konfrmatsio
sein Schbruch kenna!

## Mai Überzeigung

Wemma von sich
überzeigd ischd,
daß mer ebbas ka,
no ka mer ao ebbas.
Aber s geid Leid,
diea send so von
sich überzeigd,
daß se gar ed
brobierad,
ob se ebbas
kennad,
ond deshalb
brengad ses
au niea zo
ebbas.

## Beschlußfassung

I ka me ed
endschlieaßa,
an Endschluß zom
beschlieaßa,
außer,
i endschlieaß me
zo däm Endschluß,
niea meh an Endschluß
zom beschlieaßa,
weil schlieaßlich
jeder Endschluß
schlußendlich
dr Endschluß
zom beschlieaßa
schlüssig
beschlieaßd.

## Glickspilz

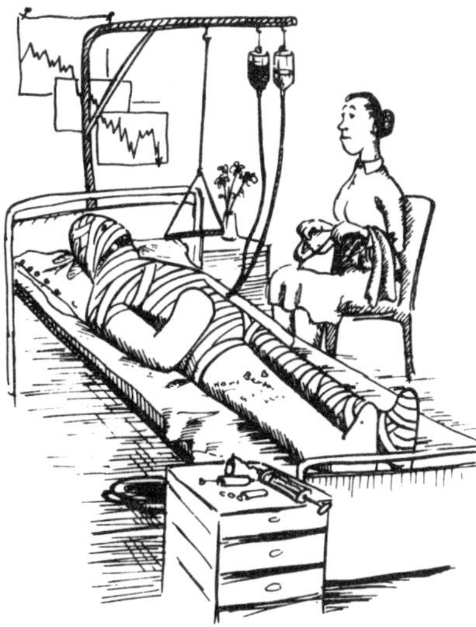

Ha, des muaschd doch zuageh,
daß i äwwl a Sauglick han,
i hedd doch gladd
hee sai kenna!

## Erkenntnisse eines Schwaben

A Schwob wird erschd mit vierzga gscheid,
an andrer ed en Ewichkeit.
A jeder hoffd, des Versle schdemmd,
daß oims no do des Brett weg nemmd,
mo manche vor de Auga hend,
ond vorem Hirn, s ischd grad so mend.

Ma moind, daß no an Schnaggler duad,
an Schuggalar däts grad so guad,
ma horchd ganz gschbannd so en sich nai,
ond überlegt sich bei ma Wai,
wiea schee des wär, wenn ma ganz gscheid,
no gscheider wiea de andre Leid,
em Schwätza, Denka, Handla wär,
no dät ma sich hald ed so schwer.

Mit ällam, was mer macha mießd,
mer äwwl ällas besser wießd.
No dät merns zeiga, däne Boß,
ond säß no selber auf em Roß,
dät schempfa, schreia, delegiera,
koin Fenger dät mer no mai riehra.

Mr hedd für ällas saine Leid,
obs des für ons wohl ao mol geid?
Aber was solls, s ischd bloß an Traum,
weil endra duad sich des wohl kaum.
Dr oinzich Goischd, mo en oin fehrd,
der kommt vom Wai, ond en sich herd
mr a Schdemm, s ischd ed zom Juchzga:
Menschenskind, du gohschd uff Fuffzga!

## Leid geids, des geids ed

Frei wiea Vogl
en saim Kefig.
Frischs Drenkwasser
aus dr Klärahlag.
A herrlicha Luft,
no onder dr
Smogalarmgrenze.
Em Essa send
Pflanzaschutzmittl,
ond deshalb en
de Dierla ao.
DDT isch em Wasser
ond ao en de Fisch.
Äll Dag haird ma da
Notarztwaga fahra,
ond jetzt geids
do no Leid,
diea hend
Angschd
vorma
Krieag!

**D Leid send s Deifls**

Brauchschd koi
Angschd han Kend,
s geid koin Deifl
ond koine Hexa.
S geid hald
baise Leid.
Aber vor dänne,
do muaschd de
en Achd nemma.

**Gedankabreggala I**

Kaum hod mer
da Vrschdand,
no machd mer
oi Dommheid
om de ander.

S ischd ed jedes
a Dierfraind,
mo oim an Floh
ens Ohr setzt.

Wenn du de Leid
äwwl bloß d
Wohrad saischd,
brauchschd de
ed wondara,
wenn se de
ahlieagad.

## Gedankabreggala II

Oi Oglück kommd
selda alloi,
maischdens
ischd d
Schwiegermuadder
ao no drbei.

Wenn de zwoi
Wocha em
Krankahaus
leischd,
bsuachade
beschdimmd
mai Leid
wiea sonschd
emma halba
Johr.

Zaerschd
brobiera
ond noo
schwätza,
wenn de
no kaschd.

## So bene hald

I mag de Naggade.
I moin, diea mo
ebbas drüber hend
send ao ed schlechd,
aber mir send hald
de Naggade lieaber.

Wenn se so schee
braun send,
ond ma siehd no
d weiße Schdroifa
an dr Seid,
ha do laufd oim
doch s Wasser
em Maul zemma.

Also seide denga ka,
semmer diea schao
lieaber gwäa.
I woiß ao ed worom,
aber wenn oina
em Haus ischd,
no hanne solang
koi Ruha,
bis se vor mer leid.

I woiß, d Gschmäcker
send vrschieda,
aber do kennad mr
andere saga
was se wellad,
mir gohd nix
über a naggada
Brodwurschd!

**Gohders ed ao so?**

Ma sotz do,
i woiß,
aber
duaschd
du äwwl,
wa de do
soddeschd?

I dur lieaber
ebbas, wase
ed do sodd!

## S ischd ed z fassad

Wemma d Wohrad ed said,
griagd ma Hendl mide Leid.
Said ma emmer d Wohrad,
griagd ma Hendl mide Leid.
S ischd am beschda,
i denk mer mai Sach,
no liag me
wenigschdens
bloß selber aa.

## So send se hald

Des send äwwl diea,
mo sich uff da
Schnee fraiad,
mo ed a baar Mol am Dag
vors Haus naus miassad,
zomen wegschaufla.

Des send äwwl diea,
mo sagad, dr Pfarrer
häb haid wieder so
langweilig rombräglad,
mo en dr Kirch
eigschlofa send.

Des send äwwl diea,
mo em morgads
so arg schreiad,
Morgaschdond häb
Gold em Mund,
ond no sichs Gebiß
mit de Goldzeh
ens Maul schieabad.

Ond des send ao äwwl diea,
mo bei de andere Leid
helfa da Dreck wegdend,
ond selber zom Fenschder
rai ond naus miassad,
weil bei ehne drhoim
ällas vool leid.

## Freiheit, wa ischd dees?

Ade Winne,
mir sehnad ons mol wieder,
hod dr Konrad zommer gsaid,
mo mer noch onserer Schualzeit
ausanander ganga send.
Jetzt semmer frei,
jetzt demmer leaba,
hoddr gsaid.

Gseha hannen nemme,
i han bloß gheerd,
daßr a Lehr als
Induschtriekaufmann
gmachd hod,
ond daßr scheints
als oiner von de Beschte
abgschlossa hod.

Ade Winne,
mir sehnad ons mol wieder,
hod dr Konrad zommer gsaid,
mo mer noch onserer Schualzeit
ausanander ganga send.

Jetzt semmer frei,
jetzt demmer leaba,
hoddr gsaid.

Gseha hannen nemme,
er hod doch niea Zeit ghed.
I han bloß gheerd,
daßr no da Techniker
gmachd hod,
ond daßr wieder
oiner von de Beschte war.

Ade Winne,
mir sehnad ons mol wieder,
hoddr zommer gsaid, ond
jetzt semmer frei,
jetzt demmer leaba.

Gseha hannen nemme,
i han bloß gheerd,
daßr hod zom Bund miassa,
moner Technikerschual
ferdig ghed hod.
Se henden scheints
bhalda wella, beim Bund,
weiler sich en ällam
so guad auskennd hod.

Ade Winne,
mir sehnad ons mol wieder,
hoddr zommer gsaid, ond
jetzt semmer frei,
jetzt demmer leaba.

Gseha hannen nemme,
i han bloß gheerd,
daß an Bsoffener
enen nai gfahra ischd,
moner em sonndichobends
vo saine Leid aus
nuff end Kasern
gfahra ischd.

Ade Winne,
mir sehnad ons mol wieder,
hoddr zommer gsaid, ond
jetzt semmer frei,
jetzt demmer leaba.

Gseha hannen nemme,
i han bloß gheerd,
daßr glei dod war.

Saine Leid hend da
Sarg zuamacha lao.
Mr hedden scheints
ao nemme kennd.

Ade Konne,
mir sehnad ons mol wieder,
hanne gsaid, mone an saim
Grab gschdanda bee, ond
jetzt bischd frei,
jetzt muaschd nemme leaba.

## Des ischd äwwl so a Sach

Wiea siehd ao des äwwl aus,
wenns Weib da Maa vrschlaid?
Wiea schdohd ma ao äwwl doo,
wemma emma scheena Mädle
zualachad, ond dr Wend
bloosd oim s Tupee
vom Kopf raa?
Wiea haird sich ao des
äwwl aa, wenn a Schwob
hochdeidsch schwätza will?
Wiea hoggad ma ao äwwl doo,
wemma uff a Parkbenkle
nagsessa ischd
ond no neba sich
an Schild siehd
mo druff schdohd,
daß frisch
gschdricha ischd?

Wiea leid ma ao äwwl doo,
wemma zorra Besawirdschafd
raus kommd
ond Hausschdeffl
naghaglad ischd?
Ond wiea schwätzd ma
ao äwwl raus,
wemma für andere
Gedichdla macha sodd?

**So isch no ao wieder**

»Des kommd
ao ed vo
oogfähr«,
hod säller
Schwob gsaid,
mo sai Weib
a Negerle
grieagd hod.

**I kaas vrwarda**

Wiea ofd machd ma sich
ao onaidich Angschd,
s keed des
oder säll bassiera.
Wiea ofd hoffd ma ao,
daß s oi oder s ander
aidriffd.
Am beschda ischs,
ma hod koi Angschd,
ond machd sich
koine Hoffnunga
ond wardad aa,
was kommd.

**A gscheider Maa hod amol gsaid:**

Im Wort liegt Macht.

Was des hoißd,
ischd em Eugen
eigendlich erschd
geschdern so
richdig uffganga,
monen sai Scheff
an Grasdaggl
ghoißa hod.

## Ma sotz ed glaoba

Wiea ao uff oimol
älle schaffa kennad,
wenn dr Scheff zor
Dier rai kommd.

Wiea ao uff oimol
älle koi Zeit hend,
wemma ebbas
vonnen will.

Wiea ao uff oimol
älle schdill
nahliega kennad,
wenn ses letschd
Hemmad a hend.

**S menschalad überaal**

D Leid send obacha
d Leid send s Deifls
d Leid send zom kotza

d Leid send hald Menscha

**I begreifs ed**

Worom?
Worom i?
Worom grad i?
Worom nermerd anders?

Weil andere wieder
ebbas anders hend!

## Siehschd, i hans jo äwwl gsaid

S ischd eigendlich a Nacht gwäa, wiea jeda andera ao. Dr Mond hod dän schdoiniga Fuaßweg nomm uff da Ronda Berg ena kalts, silbrichs Licht dauchd. Dierla send koine mai onderwegs gwäa. Ao d Keitzla hend schao gschlofa oder uff jeden Fall grad ausgruabad, weils ganz ruhich gwäa ischd dußa ender Natur. Wiea wenn ses gschbiert heddad, daß jetzt ebbas bassiert, do uff däm schmala Wegle, an dera Schutzhütte zwischa de Rutschafelsa ond em Ronda Berg, mo ma schdill sai muaß, weil ma nix saga ka ond nix drgega doa ka, ond mo ma ao ed vrschdao ka, daß so ebbas überhaupt gschäa derf.
Ond do kommd se ao scho drher gschdolberad. A jongs Mädle mit lange, blonde Hoor. Se hod a donglblaos Kloid a ond a hellblaos Schtrickweschtle omd Schultara hanga. Zo ihrem schlanka Körber na hod se eigendlich an zdicka Bauch, ond siehd grad so aus, wiea wenn se schwanger wär.
Se laufd mit ma komischa, faschd schdelzicha Schritt. Ab ond zua schdolperd se über an Schdoi oder a Wurzel uffem Boda. Aber s kommd oim vor, wiea wenn ses gar ed merka däd. Ihre blaoe Aoga guckad schdur uff dui Schutzhütte.
Mer keed moena, se hedd vorher no gheilad. En dr lenka Hand hebd se grampfhafd a Blaschdikdasch.

Jetzt bleibt se an däm Benkle vor dera Hütte schdanda, langad en ihr Guck nai ond holt a Weschsoil raus.
Se schdeigt uffs Benkle nuff, bendad ihr Soil om da Baumschdamm romm ond schlengds Soilende vorna über an schdarga Aschd. Ond jetzt vrsuachd se mit ihre kalde, zittriche Fenger no a Schleng zom gnipfa. Lautlos ruglader a baar Drena über d Backa ra. Jetzt ischd se soweit. Se zittrad am ganza Körber, zuid ihr Weschtle enger omd Schuldara ond faldad Hend. Se will zom Hemml nuffgucka, aber no schüttlad se trotzig da Kopf, langad noch dr Schleng ond schieabd ihren Kopf durch.
Mit ma furchtbara Schroi schreit se no noch ihrer Muader ond no duckt se sich zemma ond schbrengt mit ma weida Satz vom Benkle nonder.
Mit oim Schlag wirds donkler. A Wolg hod sich vor da Mond gschoba, aber s hod ausgseha, wiea wenn se sich dr Mond vors Gsicht ghoba hedd, daßer des ed mit ahgucka muaß.
Mos d Bolezischda ihrem Vadder gsaid hend, ischdr zaerschd a baar Minuda do gsessa ond hod koi Wort gsaid. Saine Aoga hend diea Bolezischda ganz schdompf ahguckad, ond s hod ausgseha, wiea wenner mit de Gedanka ganz weid weg wär.
Uff oimol hoder sich aufgrichdad em Sessl ond hod ahfanga schwätza. Sai Schdemm war brüchich, ond

er hod sich ab ond zua reuschbara miassa. Er verzehlt vo saim Leaba, daß sai Weib schao vor zeha Johr an Krebs gschdorba sei ond daßer schier nemme laofa ka, wega sainer Arthrose en de Fiaß. Daßer grad froh gwäa ischd, daß sai oinzichs Kend ledich blieba ischd ond ehn ond da Haushald neba ihrer Arbad her no vrsorgad hod.
Ond moner auf sai Mädle z schwätzad komma ischd, no hoder uff da Boda guckad. Er vrzehlten, daß se Vrkaifere emma Schreibwaragschäft gwäa ischd ond daße em Obads no en dr Volkshochschual an Schreibmaschenakurs gmacht hod, weil se uff a Büro wella hod, als Schreibkraft. Ond grad an somma Obad, noch dr Schual, ische uffem Hoimweag vomma Kerle ahghalda worra. Der hod se mit ma Daschamesser bedroht ond no mißbraucht.
»Seid däm Dag ischd des Mädle ganz anders gwäa. – Vorher war se luschdig, hod gern gsonga ond glachad, ond nochher hod se kaom mai ebbas gschwätzt. Se ischd älle aus em Weg ganga ond oft obadweis bloß romghockad ond hod en sich nai gheilad. Ond überhaupt mo ses gmerkt hod, daß se a Kend grieagd, wars ganz schlemm. Se hod no em Gschäft saga miassa, daße schwanger ischd, wegam Mudderschutz.« – Er macht gschwend a Pause, guckad diea Bolezischda ah ond said: »I verzehl

Ehne des bloß, daß wenigschdens Siea wissad, wiea sich des wirklich zuadraga hod.« Er hods scheints gschbiert ghed, daß so ebbas kommd. Ond monen dr oi Bolezischd gfrogt hod, ober ed vrsuachd hedd, mit saira Dochder zom schwätza ond ra zom helfa, hoder bloß da Kopf gschittlad. Er häb oft schdondalang uff se naigschwätzt ond ao ob mer des Kend wegmacha lassa soll, aber es sei gwäa, wiea wenn ma anna Wand na schwätz.
No warer a ganz Weile ruhich ond hod äwwl uff da Boda guckad. Diea Bolezischda send no vrleaga uffgschdanda, hendem no an Brieaf geh vo saira Dochder, mo se nebam Benkle en dera Blaschdikdasch gfonda hend, ond hend zonnem gsaid, er soll sich hald jetzt noch ma Blatz emma Aldersheim gucka.
Ond mo se grad hend zor Dier naus wella, hod der alde Maa nommol ahgfanga mit schwätza. Geschdern Middag ischd sai Mädle vom Gschäft hoimkomma, mit ma Gsicht wiea aus Schdoi. Er ischd vrschrocka ond hod se gfrogt, was los sei.
Se hod zerschd ed raus wella mit dr Schbroch, aber no hod ses doch vrzehld, daß se zuafällich mit ahgherd hod, wiea ihr Scheffe oera, mo em Lada aikaufd hod, gsaid hod, daß sui schwanger sei. Ond daß sui jo gwieß wießd, daß des Mädle koin Fraind hod ond daß deshalb bloß ihr Vadder für des Kend

en Frog komma ken. Sui häb des jo schao lang vrmuadad, weil des Mädle äwwl komischer worra sei, ond ihr Vadder jo eifersüchdich drüber gwachad häb, daß jo koi anderer Maa ens Haus rai kommd.

Diea Bolezischda hend bloß da Kopf gschüttlad, hendem nommol ihr Beiloid gwenschd ond send no ganga. Mer hodens ahgseha, daße froh warad, mo se wieder uff dr Schdroß gschdanda send. Se hend nommol an däm Mieatshaus naufguckad, and Fenschder em zwoida Schdock, aber der alde Maa hod ed rausguckad, bloß an de andere Wohnunga hend Vorheng gwacklad. Ond koiner von dänne Bolezischda hedd en däm Aogablick denkd, daße bald nommol her miassad, en des Mieatshaus, en dän zwoida Schdock, zo däm alda Maa. S ischden aerschd am andara Morga aigfalla, mo d Hausbewohner d Bolezei ahgruafa hend, daß aus dera Wohnung em zwoida Schdock so arg noch Gas schmeckt.

Ond an Dag schbäter hod ma d Scheffe vo däm Schreibwaragschäft en ihrem Lada zomma Kunda saga hera: »I hans jo äwwl gsaid, ond des ischd dr beschde Beweis drfür, der hod a schleachts Gwissa ghed.«

**Was zviel ischd, ischd zviel**

Du bischd schao reachd,
wenn de ed grad dain Moo hoschd.
Du bischd schao reachd,
wenn de an voola Ranza hoschd.
Du bischd schao reachd,
wenn de saufa kaschd.
Du bischd schao reachd,
wenn de nix schaffa muaschd.
Du bischd schao reachd,
wenn de schlofschd.
Oh narr,
du wärschd schao reachd,
wenn de no ed so wärschd
wiea de bischd.

**Etzt muaß de ao mol loba**

Wenn de des so saischd,
sodd mas ed glaoba,
daß von dir ischd.

Wenn ma des so haird,
sodd mas ed glaoba,
daß vrloga ischd.

Wenn ma die so siehd,
sodd mas ed glaoba,
daß de ed ganz bacha bischd.

**So isch**

Wenn i no,
wenn no i,
wenn no
nermerd
anderschd.

So willes,
so muaß sai,
so kanes leida.

**So ebbas**

Em Wai leid Wohrad
d Holzwürmer bohrad
dr Hond der hoorad
de Jonge schoorad
mai Weib dui johrad
ond
mai Moschd vrgoorad

**Au, wiea ben i ao so reachd ond nermerd mergds**

I ben an reachder Grischd,
i gang faschd jeden Sonndag end Kirch.
Außer, wenn Konfermatsio ischd,
do lasse dänne da Blatz,
mos ganz Johr koi Kirch
vo enna sehnad.
Ond an dänne audofreie Sonndich,
do gange ao ed,
weil mers z weid ischd zom laufa.
Do mache lieabr a schena Wanderung,
no ka ma ao aikehra zom Middagessa,
wiea jeden Sonndich, noch dr Kirch.

I ben a reachder Grischd,
i sitz faschd jeden Sonndag endr Kirch,
vorna an maim Schdammblatz, onderder Kanzl.
Ond a Weile ischd ao mai Abdeilungsleider
neba mr gsessa, aber der kommd jetzt nemme,
weilen mai Scheff nausgschmissa hod,
monem i vrzehld han,
was des für oiner ischd.
Ha des ischd doch wohr,
nemmd der für sich brivad
vom Gschäfd Kohlababier,
Kuglschreiber, Bleischdifd,

Radierer, Gommila, Büroglammera
ond sogar Gloobabier mit hoim!
Also i moin, ao wemma
segs Kender drhoim hod
ond uffs Geld gugga muaß,
so ebbas duad an ahschdendicher
Mensch oifach ed.
Drfür ben i jetzt Abdeilungsleider,
ond s ischd ao besser so.

I ben a reachder Grischd,
i nemm ao faschd jeden Sonndag
mai oiges Gsangbuach mit end Kirch.
D Leid derfad ruhich seha, mone na gang.
Neaba diea kane naschdanda,
ao wenn mai Jonger em Gfengnis ischd.
Der Dagdieab kommd mer sowieso
nemme ens Haus rai.
Ond maim Weib hannes vrbodda,
daßen bsuachd.
Mit so Leid will doch onserois
nix meh zom doo han.

I ben a reachder Grischd,
i dur ao faschd jeden Sonndag
a Mark end Opferbigs nai,
obwohle s Geld ed zom

nausschmeissa han,
so wiea mai früherer Nochber.
Hod doch der amol vor älle Leid dra
em Pfarrer an Fuffzigmarkschai
end Hand naidruggd.
Ond mir hodder mit ma
Zahlungsbefehl drohd,
bloß weil i diea zwoi
Azüg noed zahld han,
mone vor drei Johr
beinam kaufd han.
Ond drbei bassad mir diea
heid gar nemme!
Aber drfür hanem jetzt
d Schdeuerfahndung
auf da Hals gschiggd,
mit ma anonüma Brieaf,
weiler mers doch amol
em Suff vrzehld hod,
wieaner s Finanzamd
bscheißd.

I ben a reachder Grischd,
ond ben faschd jeden Sonndag
ender Kirch.

Des hod ao scho
dr Herr Pfarrer
zommer gsagd.
Es sei wichdig,
daß no so Leid gibd
wiea mie,
mo onserer
Jugend als
Vorbild dienad
ond zaigad,
was hoißd,
wemma a
grischdlichs
Leaba
führd.

**Des kaschd ed vrlanga**

Ha des mergschd
doch ao so,
ohne daße äwwl
drvo schwätz.
Komm sei so guad,
i kas ed saga,
i brengs ed raus.
Do kommschder jo
saubleed vor, ond
wiea haird sich
denn des aa:

Ich liebe dich!

**Wiea jetzt**

So isch hald!
Isch ed so?
So ischs doch?
S isch doch so?

Wiea?

Ha so!

Wieso?

Ha so hald!

Ach so.

Ja sowieso!
– Oder ed?

Vo mir aus!

Also siehschd,
s ischd doch so!

**Des ischd koi Fehler**

I ben so arg froh,
daße ao aus de
Fehler von de
andere lerna ka,
weile gar ed Zeit
drzua han,
zom se älle
selber macha.

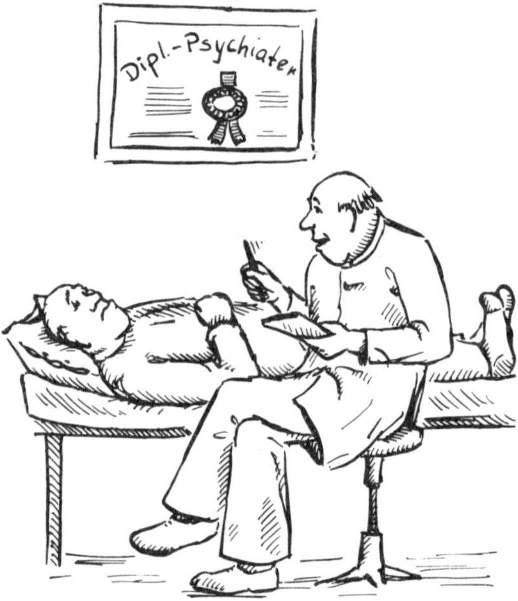


».. . ond wann hend Se zom erschda Mol gmerkd, daß Se koine Schbätzla meh megad?«

## Dialoge

*Desinteresse, mangelnde Kommunikationsbereitschaft und absinkender Sprachreichtum kennzeichnen den Alterungsprozeß des menschlichen Geistes. Natürlich bestätigen auch hier wieder Ausnahmen die Regel. Ich möchte nun an drei Dialogbeispielen zeigen, was damit gemeint ist. Es handelt sich um flüchtige Begegnungen zweier jeweils Zwanzig-, Vierzig- und Achtzigjähriger. Zuerst die beiden Zwanzigjährigen:*

Mensch Tag Volker, was machschdenn du do?
Tag Bernde, i gang ens Jugendhaus, do solls a baar hoiße Muddis han!
Des kaschd laud saga, main lieber Scholli! Erschd geschdern hane wieder oina abgschlebbt, do schlackerschd bloß no mit de Ohra.
Ja sag mol, schïeaschd du nemme mit dr Gaby?
Ha, dui kaschd vrgessa! Hengt sich soma Typ an da Hals, mo glaubt, er sei dr Käs, drweilschd schdenkder bloß. – Ja ond was machschd du so emmer?
I ben zur Zeit solo, woischd, so auf freier Wildbahn tätich! Macht Schbaß ond brengt Abwegslung.
No übernemm de no ed!
No koin Neid, wer hod, der hod! – Also i muaß jetzt wieder los, sonschd grieage Schdunk mit

meine Alde. Machs guad Bernd ond hald d Ohra schdeif!
Jo, du ao, tschüs Volker!

*Bei dieser jugendlichen Eigensprachlichkeit ist die Wortwahl noch blumig, das Interesse am anderen natürlich und ohne gezwungene Höflichkeit. Während beim nächsten Dialog der beiden Vierzigjährigen ein Abflachen in den Bereich der Banalität bereits deutlich erkennbar ist.*

Ah, grüß dich Hans, so, bischd ao onderwegs?
Jo, wiea du siehschd, grüß dich Gerhard! –
Wiea gohds ao emmer?
Ha danke, mer ischd zfrieda ond schempfd weider. –
Ond bei dir drhoim, ällas wohlauf?
Ha jo, mer kennad ed klaga. Mai Weib hod hald a bißle Malär mit em Kreislauf.
So, ao schao! – Ja, mer wend hald ao ed jenger!
Do hoschd gwieß reacht. – Also Hans, i muaß dapferd weider, gell ade, saischd an Gruaß drhoim!
Jo, du ao, ade Gerhard!
*Und nun der Dialog zwischen zwei Achtzigjährigen. Ein Minimum an Informationsbedürfnis, Kommunikationsbereitschaft und Sprachreichtum. Dieses Gespräch hat sich fast autentisch ereignet.*

Eugen!
Wilhelm!
So, ao?
Jo.
Mo gohschd nah?
Zo de Jonge.
So.
Ond du?
Hoim.
Ahso, ond sonschd?
Haa joo, – ond selber?
Ao.
No isch reacht.
Also, Eugen!
Wilhelm!

**Draurich abr wohr**

Wenn de ebbas bischd,
no bischd ebber.
Bischd abr nix mee,
no bischd ao nix mee.

**Schmerzfolga**

Zahwai
Luggawai
Glühwai
Kopfwai

## Komma ond Ganga

Ha
Ha jetzt
Ha jetzt komm
Ha jetzt komm noo
Ha jetzt gang
mer noo aweg

## Do frierd mes jetzt schao

Also i ben ganz en dr Ohruha.
I han heidamorga endr
Zeidung glesa, daß d Sonn
en 15 Milliona Johr
vrkalda soll,
ond daß no ällas Leaba
uff dr Erde schdirbd.
Freilich, se hend gschrieba,
airschd en fuffzeha
Milliona Johr,
aber s keed jo sai,
daß sich diea en ihrer
Rechnung a bißle
vrhaua hend,
weil, mit ihre zeitliche
Voraussaga hods no niea
so reachd gschdemmd.
Guggad doch diea Sembl a,
diea kennad oim jo eddamol
genau a Erdbeba voraussaga.

## Schneewittle

S war amol mitta em Wender, ond d Schneeflocka send wiea Fedara vom Hemml gfalla. Do ischd a Frau am Fenschder gsessa ond hod Socka vo ihrem Ma gschdopfd. Ond weil se no nebaher da Fernseher hod laufa ghed, hod se ed reachd aufbaßt ond sich en Fenger gschdupfd. Schnell hod se ihr Hand zom Fenschder naus ghoba, ond no send drei Dropfa Bluat en da Schnee gfalla. Ond weil des so schee ausgseha hod, ischd ra uff oimol a Idee komma. – Oh, wenne no a Kend hedd, mo so a weiß Gsicht hod wiea der Schnee, so rode Lippa wiea des Bluat ond so schwarze Hoor wiea der Fenschderrahma vo dem Fertighäusle, mo se sich vorama Johr hend aufschdella lassa.
Ond was duad dui Denge? – Se hod oifach ihr Pille mit Vitamindraschee vrdauschd, so, daß ihr Ma nix gmerkt hod. Ond s ischd no koi Johr romm gwäa, no hend se a Dechderle grieagt. Des war so weiß wiea Schnee, rod wiea Bluat ond so schwarz wiea dr sell Fenschderrahma. Se hends Schneewittchen tauft, aber gruafa hod mas bloß Schneewittle. Dr Vadder hod miassa em Schdandesbeamta a Geld gee, daßer den Nama überhaupt aitraga hod.
Aber s schlemmschde an dera Gschicht war, daß d Muader an dr Geburt vom Schneewittle gschdorba ischd.

Ja, s ischd kaum a Johr rom gwäa, no hod der Vadder hald wieder gheiradad. Se hod schbitze ausgseha aber s war oina vom graußa Vaddrland. Se hod hochdeutsch gschwätzt ond war granadamäßig aigebildet. Ond se hod an Macka ghed. Se hod nemlich ed leida kenna, wenn a andara schener war wiea sui. Eigentlich ischd des jo bei Fraua gar ed so selda, jetzt de sell, dui hods überdrieba.
Dui hod an Schbieagl ghed, ond vor dän isch se nahgschdanda ond hod gfrogt:

*Spieglein, Spieglein an der Wand,*
*wer ist die Schönste im ganzen Land?*

Ond no ischd hender dem Schbieagl a Schdemm firer komma ond hod gsaid:

*Ihr seid die Schönste hier im Land!*

I moin, dän Schbieagl muaß dui mitbrocht han, weil der ao so gschwolla rausgschwätzt hod. – Uff jeden Fall aber war de sell zfrieda, weil se gwißt hod, daß sui ihr Schbieagl ed ahlieagt. Aber, ond jetzt kommd des Dragische, s Schneewittle ischd emmer greßer ond schener worra. Dui ischd so schee worra, daß se mindeschdens d Miß Dschörmanie worra wär, wenn se mitgmacht hed.
Aber an ma schena Dag, d Schdieafmuader hod grad ihr Schönheitsberaterin vrabschiedad, no ische wieder vor ihren Schbieagl nagschdanda ond hod gfrogt:

*Spieglein, Spieglein an der Wand,*
*wer ist die Schönste im ganzen Land?*

Ond dr Schbieagl, der mo ebbas von de Fraua vrschdanda hod, said:

*Ihr seid die Schönste hier,*
*aber Schneewittchen ist*
*tausendmal schöner als ihr!*

Oooh, heida Schduagert, dees heddadr seha solla, wiea dui ahgloffa ischd em Gsichd, wiea Tomat! Ond vo do a hod se ihr Schdieafdochder nemme seha kenna. Des ischd äwwl erger worra, biß se uff oimol uff dui Idee komma ischd, daße des Mädle jo schlieaßlich ao ombrenga kennd. Ond schao glei am nägschda Dag hod se zo ihrem Hausfraind gsaid,er soll mitra uff d Alb nuff fahra, se dort ombrenga ond irgendwo vrscherra; er derf sich hald ed vrwischa lao. Der hod s Schneewittle en sain Schportwaga naigsetzt ond ischd gfahra wiea dr Deifl, daß ehm des Mädle ed zom Audo nausschbrengt ond abhaut. Aber uff oimol sauat a Rehle end Fahrbah nai. Der ka nemme bremsa ond schao hods an Schlag dao ond am Audo hods da Kotfliegl ond da Schaiwerfer naidruckd. Vor Schreck hoder bremsd ond en däm Augablick reißt s Schneewittle d Beifahrerdier auf, glickt ihren Audomadikgurt aus ond sauat wiea dr Blitz en Wald nai.

Dr Hausfraind hodra no nochgschriea, se soll sich bloß nemme drhoim blicka lao, ond no ischder wieder hoim gfahra zo saira Schendmärr ond hod ra vrzehlt, daß ällas en Ordnung sei, er häbs Schneewittle mitem Auto nahgfahra, an Ohfall vordeischd ond se no em Wald vrscherrad.

S Schneewittle aber isch en ihrer Angschd kopflos en da Wald naigsauad, hod auf koin Weag ond Schdeag guckad, edamol uffd Schildla vom Albverei hod se mai uffbaßt. Fix ond ferdich war se, mos Obad worra ischd. Ond se hod schao denkt ghed, se miaß uffem Waldboda übernachda, no hod se uff oimol a klaina Jagdhütte schdanda seha. Se ischd dapferd nomm, hod klopft ond gschriea, aber s hod nermerd uffgmachd, ond mo se an dr Dier grüttlad hod, merkt se uff oimol, daß dui jo offa ischd. Se schüttlad da Kopf über dän Leichdsenn ond gohd en des Heisle nai. S ischd ra glei uffgfalla, daß diea Möbl älle so kloi send, aber mo se no s Gschirr onds Essa hod schdanda seha, hod se sich über des koine Gedanka mai gmacht.Sieba Garni-

dura send uff em Disch gschdanda. Ond vo ällam hod se ebbas gnomma. Ond nochem Essa ische so miead worra, daß se en ois von däne Bettla naiglega ischd ond gschlofa hod.
Ja, s Schneewittle ischd kaom aigschlofa gwäa, no ischs an dr Aigangsdier lebich worra. Sieba Lilipudaner send zor Dier rai komma ond hend gschwätzt ond glachad. Ond mo se Liachd gmacht hend said dr erschde: Ja do ischd jo ebber uff maim Hocker ghockt! – Dr zwoit: Mai Deller ischd dreckich! – Dr dritt: Ond mir hod ebber mai Weckle gmopst! – Dr viert: Vom Aintopf fehlt fai ao ebbas! – Dr fufft: Schlag mes Blechle, vom Floisch ao! – Dr segst: Sogar da Wai hend se ons weggsoffa! – Ond uff oimol durd dr siebt an Schroi naus: Doo leid jo oina en maim Neschd!
No send älle nomgsauad ond hend guckad, was des für oina ischd. Se hends gar ed gnuag vrloba kenna, wiea guad des Mädle aussieht. Schbitze Frau, heiße Muddi, sagenhafta Biene, wars mindeschde was jeder gwißt hod. Ond oiner hod sogar anerkennend pfeifa wella, aber moner gmerkt hod, daßers Gebiß ed drenn hod, no hoders hald sai lao.
Ja, vo däm Geschnader ischs Schneewittle nadierlich aufgwacht ond hod vrschrocka romguckad. De brauchschd koi Angschd han, hod dr sell gsaid, mos Gebiß vrgessa hod. Ond weilen s Schneewittle ed

vrschdanda hod, no hod an anderer dem Mädle erklärt, daß se dohußa em Wald so en ra Art Komune lebad, weil se em Dorf ond en dr Schdadt drenna emmer ausglacht ond diskriminiert worra send, weil se hald eba Lilipudaner send.

S Schneewittle hods gar ed fassa kenna, was ra diea kloine Kerle vrzehld hend ond was se schao ällas mitgmacht hend. Am Schluß hod se sogar gheilad. Aber no, mo sui vrzehlt hod, wieas ehra ganga ischd ond was sui ällas vrleabt hod, no hend sich sogar a baar vo de Lilipudaner vrschdohla a Dren aus de Aoga gwischd.

Se hend ra ahbodda, daß se dobleiba kenn ond ehne da Haushalt richda ond s Essa kocha kennd, wenn se well.

S Schneewittle war Feier ond Flamme, ond s war ao a schena Zeit, bis an ma gar ed schena Morga dui Schdieafmuader wieder vor ihrem Schbieagl gschdanda ischd. – Ond der hod nadierlich nix anders gwißt wiea vrzehla, daß sui zwor dohenna em Raum de Schendschd sei, aber s Schneewittle em Wald bei de Lilipudaner sei dausad Mol schener wiea sui.

Poooh, hod dui wieder an Zorn grieagd. Se hod ihrem Hausfraind a Szene gmacht ond en no zom Haus nausgschmissa.

Ond no hod se sich als Bauraweib vrkloidad, se hod

an Korb gfilld mit lauder gschbritzde Epfl, ond bloß oin ohgschbritzda Epfl hod se drzua glegt, ond der war deshalb ao ganz schorfich.
Se hod sich mit ma Taxi bis faschd an dui Jagdhütte fahra lao und ischd no voll nomm gloffa.

S Schneewittle war ganz alloi. D Schdieafmuader hod glopft ond mos Mädle rausguckt hod, no hod se ra diea Epfl zom Kaufa ahbodda. S Schneewittle hod ihr Schdieafmuader ed kennt, weil se so guad vrkloidat war. Aber se hod gsaid, se derf Fremde nix abkaufa, des häbe diea Lilipudaner ehra vrbodda. Des fend se arg vrnenfdig, hod no dui Alda gsaid, erschd kürzlich häbad se em Fernseha wieder vor däne Hausdierakaif gwarnd. Aber ob se ra ed velleichd so an Epfl schenka derf? Se seie also reachd guad. Ond zom Beweis nemmd se den oina schorficha, da ohgschbritzda Epfl vom Korb raus, beißt nai ond schmatzad ond duad, wiea wenn se fürs Fernseha an Karies-Zahfloischbluater-Tescht macha mießt.
Des hod nadierlich s Schneewittle überzeigt. Se

langad noch oim vo däne Epfl, mo koi Mäckasle ghed hod ond mo ausgseha hod wiea gmolad, mo aber gega ällas meglich Ohziefer ond Krangada gschbritzt worra ischd. Ond drzua na no vomma Baom ischd, mo direkt an ra Hauptvrkehrsschdroß schdoht. – Ond des hod nadierlich ed guad ganga kenna. Kaom hods Schneewittle da aischda Bissa em Maul ghed, ischd ras schlecht worra. Se ischd omgfalla ond wiea dod liega blieba.
D Schdieafmuader ischd aufem schnellschda Weg hoim, hod sich d Hoor gwäscha, a Gsichtsmask mit Gurkarädla gmacht ond sich no für 25 Mark Hormongrem ens Gsicht gschmiert. Ond mo se ganz ferdich war, hod se sich wieder vor ihrem Schbieagl aufbaut ond gfrogt, wer wohl de Schenschd wär. Ond mo dr sell no gsaid hod, daß sui s wär ond sonschd koi goddsicha en ganz Bada-Wirddaberg, no ischd uff oimol a Ruha gwäa em Haus.
Ausgrechnad an däm Obend warad d Lilipudaner uff ra Betriebsratsvrsammlung von dr Gwerkschaft ond send deshalb schbäter hoim komma. Ond mo se s Schneewittle hend liega seha, no hend se sich glei denkt, daß do dui Schdieafmuader ihre manikürde Fenger em Schbiel gehd hod.
Se send zairschd ganz kopflos durchanander gsauad, ond zledschda send älle bloß no doghockt ond hend brellad.

Dr oi hod no schlieaßlich gmoind, daß es schad sei, wenn ma des Mädle oifach so en dr Erde beisetz, ma sodd se doch aibalsamiera ond no emma Glassarg do beim Haus irgendwo aufschdella. De maischde warad mit oinich, bis uff oimol oiner da Kopf lupft ond said: Sodd ma eigendlich ed amol zairschd an Dokter hola? Nadierlich! – De andere langad sich an Kopf na, des ischd doch ganz klar! Schnell sauad se ans Telefo ond ruafad s nägschde Krangahaus a. Ond kaom zwanzig Menudda schbäter herad se scho diea Preßlufthörner vom Notarztwaga durch da Wald hubba.
An jonger Arzt ond zwoi Krangapfleger schbrengad mit ra Bahre ens Haus rai. S Schneewittle grieagd a Schbritz, wird uff d Bahre nuffbonda, ond wiea diea zwoi Krangapfleger grad zor Hausdier naus wellad, schdolberad dr hender an dr Dieraschwell ond lood d Bahra falla. Durch dui Erschütterung hauts em Schneewittle des Epflschdickle zom Maul naus. Se schlecht ihre Aoga auf ond sieht den jonga, guad aussehenda Arzt ond ischd glei weg, wiea Meckes Katz. Der nadierlich ao, ond er macht glei zor Vorsicht Mund zu Mund Beatmung, oder jedenfalls hends diea Lilipudaner drfür ghalda. Ond no uff dr Fahrt ens Krangahaus hod der Arzt s Schneewittle gfrogt, ob sen heirada well. – Klar hod se wella! Ond mora der jong Dokter vrzehlt hod, daß sai

Vadder a oiges Sanadorium, mo er amol schbäder übernemma soll, a Willa ond ao sonschd no zemmlich viel Gärschdle häb, no war eigendlich schao älles gschwätzt. Ond s ischd ao gar ed lang ganga, no hend diea zwoi Hochzich ghed. Ao diea Lilipudaner hend se drzua aiglada. Ond s wär älles reachd schee gwäa, wenn ed ausgrechnad an dem Dag wieder d Schönheitsberaterin beim Schneewittle sainer Schdieafmuader gwäa wär. Weil, äwwl do drnoch hod se sich bsonders schee grichdad, ischd vor ihren Schbieagl nahgschdanda ond hod gfrogd:

*Spieglein, Spieglein, an der Wand,*
*wer ist die Schönste im ganzen Land?*

Ond der Grasdaggl hod nadierlich wieder nix anders gwißd wiea:

*Ihr seid die Schönste hier,*
*aber die junge Frau Doktor*
*ist tausendmal schöner als ihr.*

Ha, de sell hod wieder schier an Schlag grieagd vor Zorn. Ond weil se en dr Zeitung glesa hod, daß do an jonger Dokter heiradad, ische oifach zo dera Feier nahganga. Ond mos s Schneewittle gmerkt hod, daß ihr Schdieafmuader em Raom ischd, hod s Schicksal schao d Fäda end Hand gnomma ghed. Dr Schwiegervadder vom Schneewittle ischd auf dui Schdieafmuader zuaganga ond hod se zom Danza aufgfordert.

Ond dui Kabell, des war so a Pankrockgruppe, diea hend gschbield ond grockd, wiea no niea en ihrem Leaba.
Ond vor lauder Zorn auf des schene Schneewittle ond ao wega dera Ahschdrengung beim Danza wird dui Schdieafmuader uff oimol blaß, se langt sich ans Herz ond fellt no dod auf da Boda.
Ond vo do a hods Schneewittle mit ihrem Ma en Frieda ond Fraid leba kenna. Se hend sieba wunderschene Kender grieagd, ond jeder von däne sieba Lilipudaner ischd bei oim Kend Pade worra.
Ond wenn dui Familie ed durch an Audoohfall, an Flugzeugabschdurz oder an Schtörfall emma Atomkraftwerk oms Leaba komma ischd, no send se haid no mucker ond fidel.

## Wenns zwoi vrwischd hod

S hoißd doch emmer:
Lieabe machd blend!
Denne wend nochher
schao no d Auga
uffganga.

## Do keedschd schärra

S hoißd doch äwwl,
en dr Nadur häb
ällas sain Senn,
ond s miaß ällas
so sai, wieas ischd.

Aber ka mir amol ebber
an vrnenfdiga Grond saga,
worom mer ausgrechnad
en däm Alder,
mo ma am aischda
ebber gfalla sodd,
Pickl ens Gsicht
griegd?

Wiea haß i dia
margiche Schprüch:
Ma soll schdolz sai,
des sei a Zoiche
von Reife, ond
do däd dr Kerber
noch außa kond,
dammer a Ma worra sei.

So ein Läddagschwätz,
andere griegads
ans Fiedla na,
do siehd koi Sau,
daß diea reif send
ond diea griegad
oineweeg a Weib!

**Manchmol keed ma grad drvo laofa**

Oh, han i gnuag vo de Menscha.
I wedd am liebschda koin meh seha,
no hedde endlich mai Ruha
ond keed doa wase wedd.
I mißd nemme ens Gschäft ganga;
keed dr ganz Dag schbaziera fahra;
d Schdroßa ond Audobahna wärad leer,
ond mer mißd koi Angschd han,
daß so an Dubbeler en oin nai fehrt.
Aber – mo däde noh tanka?
Ach so! – A wa, noh laufd ma
hald sai Sach.
Wär des herrlich,
wemma so frei weg maschiera keed.
Mer mißd koine Abgas naischnaufa
ond Obends däd ma schee aikehra.
Ja – hald amol, des gäbs jo no ao ed?
Ach wa, noh däde hald drhoim essa.
Ja, des ischd nadierlich ao so a Sach.
I woiß doch ed wiea mer Wurschd machd,
ond schlachda keede so a Viechle ao ed.
No esse hald Brod, Wurzla ond Obst,
mo uff de Baim wegsd
ond an de Hecka hangad.

Jo, aber em Wender ischd des
fai ao so a Sach,
ond außerdem hanne koi Ahnung,
wann ond wiea ma des Zuigs ahpflanzd.
Ha no, vielleichd – vielleichd
wärs doch besser,
wenns no Menscha gäb,
außer mir.
Mer wär ed so alloi,
mißd ed ällas selber do,
hedd Onderhaldung,
ond wenn oim ebbas wai däd,
keed ma zom Dokdr oder zom Zaharzt gao.
Ha, vielleichd ischs doch so besser,
mer loods wieas ischd,
s keed jo sai,
daß doch noh reachd wurd.

## Künschdlergschbräch

I zoichne für
mai Leba gern!
Ja was, Akt,
Landschaft,
oder Porträ?
Noe, waß,
narr
Wertbabier!

**So bene hald**

Zahla machd Frieda!
Also i bee jo
sonschd ed so,
aber do keede
mit älle Leid
Hendl ahfanga.

**Dir gonnes**

Des gschiehd dir grad reachd,
daß i vom Moped raaghagled be,
heddeschd mer dai Audo geh!

**Sags doch**

Sags glei,
i sag ders.
Wennes
hendarom
hair,
ischd schao
zviel drbei,
no duads no
erger wai.

## Der Nörgler

*Personen:* *Kellnerin, Mann, Frau.*
*Bühnenbild: Zwei oder drei Tische mit Stühlen, ein Kleiderständer oder Garderobe, angedeutete Theke.*

*Die Kellnerin putzt mit einem Tuch den Tisch ab, reibt kurz den Aschenbecher aus und schlägt mit dem Tuch über die Sitzflächen der Stühle. Sie reibt noch ein oder zwei Stuhllehnen ab, geht zur Theke und poliert mit diesem Tuch nun die Gläser. Ein Mann betritt schüchtern die Szene. – Ihm folgt eine resolut aussehende Frau.*

Mann: *(Schüchtern)* Grüß Gott!

Frau: *(Sagt nichts und schaut nur prüfend umher)*

Kellnerin: *(Poliert ruhig weiter)* Grüß Gott zusamma!

Mann: *(Deutet auf einen Tisch neben der Tür oder dem Vorhang)*
Soll mer do nahsitza?

Frau: *(Energisch)* Kommt gar ed en Frog,

glaubschd i will äwwl em Zug hocka, wenn Dier uff ond zua gohd! – Do hockt ma na!
*(Der Mann will sich setzen)*
Ja sag mol, willschd du mir ed ausem Mandl helfa? – du woischd ao ed was sich kaird. Des ischd reachd gwäa, bevor de me rommgrieagd hoschd, daß i di nemm, ond jetzt dabbeschd ahne, wiea dr graischde Schdoffl.

Mann: Do muasch endschuldiga Emmale, i hao gschwend nemme dradenkd.

Frau: Komm sei ruhich! – Du hoschd doch bloß wieder Auga fir des Mensch gheed!

Mann: *(Hilft ihr aus dem Mantel)* Des dersch ed saga, Emmale, des ischd ed wohr.
*(Er hängt den Mantel am Aufhänger an den Kleiderständer)*

Frau: *(Streng)* Heng den Mandl uff nan Kloiderbiegl, nocher reißd dr Uffhänger, ond dr Mandl fehrd em Dreck romm.

Kellnerin: I han grad vorher aufbutzad!

Frau: Des wurd aber ao naidich gwäa sai.

Kellnerin: Beißzang!

Frau: Was hend Siea do grad gsaid?

Kellnerin: Ach do siehne grad ama Disch an Nagel rausgucka, do muaße gschwend a Beißzang hola.

Frau: Ach du lieabe Zeit, ischd des a Boiz, mod Negl rausguckad.

Mann: Emmale guck no, daß de en koin naihockeschd.

Frau: Des däd dir so bassa. – Komm, gib mer amol dai Dascheduach.

Mann: *(Zieht ein großes Tuch aus der Tasche und gibts ihr)*. Do, Emmale.

Frau: *(Nimmt das Tuch, putzt die Sitzfläche des Stuhls ab und gibts ihm wieder zurück)*. Do, schiabs wieder ai!

Mann: *(Will es achtlos in die Tasche schieben)*

Frau: Leg des Dascheduach sche zemma, daß ed wieder aussiehd, wiea aus ra Mausfall raus. – I will ed wega dir schao wieder wäscha miassa.

Mann: Jo Emmale, du hoschd reachd. *(Er legt das Taschentuch auf dem Tisch ganz genau zusammen und steckt es ein)*
*(Mann und Frau setzen sich. – Die Kellnerin tritt an den Tisch)*

Kellnerin: Was derf i Ihne brenga?

Mann: Mir brengad Se bitte a Bier, ond Emmale, was drengschd du?

Frau: Du drengschd jetzt koi so a kalts Bier, nocher hoschds wieder am Maga!

Kellnerin: Ha mir kennad Ihne des Bier gwerma.

Frau: Nix do, der drengd Kaffee, wiea i ao.

Kellnerin: Isch guad, mechdad Se an Kuacha drzua?

Mann: Ha wissad Se was, mie däds amol an an

Käskuacha nahgluschda, hend Se des oin do?

Kellnerin: Ja freilich, sogar heid ganz frisch raigrieagd.

Frau: Du ischd jetzt koin so an fetta Käskuacha, du woischd genau, daß de uff dain Koleschderinschbieagl aufbassa muaschd. – Frailain, – Siea brengad zwoi Zwetschgakuacha!

Kellnerin: *(Schüttelt den Kopf und geht zur Theke, oder hinter den Vorhang)*

Frau: Hosch des gseha, dui Rotznas hod da Kopf gschittlad, ha do semmer schao s letschd Mol gwäa, – ond Drenggeld krieagd se ao kois!

Mann: Reg de doch ed auf Emmale, des hod se beschdimmd ed so gmoind.

Frau: Ja freilich, du nemmschd se nadierlich wieder en Schutz.

Kellnerin: *(Kommt wieder hinter der Theke oder*

*dem Vorhang hervor und stellt zwei Teller mit Kuchen und zwei Kaffeetassen auf den Tisch.)*
*(Sagt zu ihr)* Do! – *(Und zu ihm)* Bitte schön, lend Se sichs schmecka!

Mann: *(Schaut sie dankbar an)* I dank Ihne schee! *(Er beginnt zu essen)*

Frau: Frailain?

Kellnerin: Was ischd denn jetzt scho wieder?

Frau: Des send aber arg klaine Kuachaschdückla.

Kellnerin: Des kommt Ihne hald so vor, weil mir so große Deller hend.

Frau: Hoffentlich hend Se sich noh ao ed en Fenger gschnitta?

Kellnerin: Ond wenn, lieaber an baisa Fenger als a baisa Gosch!
*(Geht wieder zur Theke und poliert Gläser)*

Frau: Ha, des ischd doch saumäßig!
*(Nimmt ihre Gabel, putzt sie sorgfältig an der Serviette ab, und beginnt ganz schnell zu essen)*

Mann: *(Ißt langsamer)* An guada Abeditt!

Frau: Iß doch ed so schnell, sonschd jomereschd nocher wieder!

Mann: I iß doch gar ed schnell.

Frau: Du mergschd scheints gar nemme, was de duaschd.

Mann: Jo, hoschd reachd Emmale, i dank dr schee.
*(Der Mann ist fertig und lehnt sich zurück, er hebt den Arm, und ruft der Bedienung)*
Froilain?

Frau: Wa widden vo dera?

*Mann:* Velleichd hod se d Zeiting vo haid.

Frau: Jetzt wurd ed Zeitung glesa, des ghaird

sich ed, wemma mit ra Dame am Disch sitzt.

| | |
|---|---|
| Mann: | I hann hald denkt, weil du jo no ischd? |
| Frau: | I be grad ferdig, ond außerdem kaschd de jo mit mir onderhalda, des god ao nebaher. |
| Mann: | *(Holt sich aus der Jackentasche eine Zigarette heraus und will sie sich anzünden)* |
| Frau: | *(Schlägt mit der Gabel auf den Tisch)* Des kommt ed en Frog, daß du jetzt rauchschd, nocher huaschdeschd wieder bis hoim. Ond außerdem ess i noh! |
| Kellnerin: | *(Kommt an den Tisch)* Derfe. Ihne no ebbas brenga? |
| Mann: | Jo, wissad Se was, i däd noh a Viertale drenka. |
| Frau: | Ja vorher hoschd doch gsaid, de wellaschd a Bier? |

Mann: Ja freilich, aber jetzt haune doch fir des Bier an Kaffee ghed, ond jetzt drenke vorem Viertale ed noh a Bier.

Frau: Ja mir bleibad sowieso nemme lang, do briechdeschd eigendlich gar nix mai drenka.

Mann: Onser Zug fehrt doch erschd en ra halba Schdond. – Wissad Se was Frailain, brengad Se mer an Weißa.

Kellnerin: Ja was fir oin, Ruländer oder Silvaner?

Mann: Ha, nemmer an Ruländer.

Frau: De woischd doch, daß des dr Deierschde ischd, jetzt drenkschd hald an Silvaner. – Frailain, an Silvaner.
*(Die Kellnerin geht ab. – Die Frau nimmt den Teller hoch, schabt mit der Kuchengabel die Krümel an den Rand und schiebt sie sich direkt vom Teller in den Mund. – Während der Mann sich umständlich die Nase putzt. – Die Kellnerin kommt und stellt dem Mann einen Römer auf den Tisch und geht wieder ab.)*

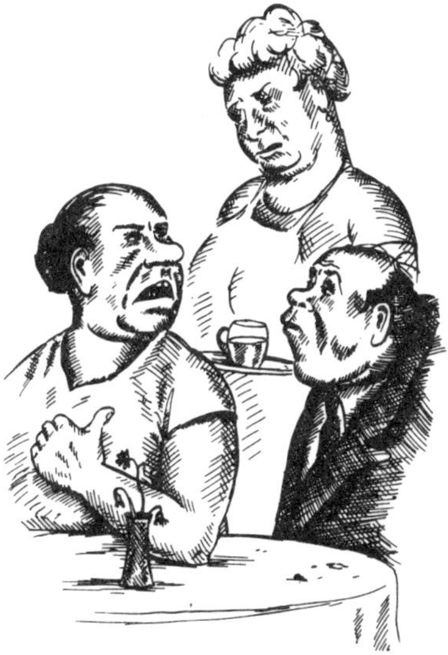

Mann: Prost Emmale! *(Will trinken und setzt aber das Glas wieder ab)* Ja jetzt guck ao do nah, do send jo lauder Korkaschdückla drenn. Ha dän drenk i ed, dän lasse zrick ganga! *(Ruft)* Frailain!

Frau: *(Schlägt mit der flachen Hand auf den Tisch und ruft laut)* Ha glaubschd, mit dir ka ma nergads nahganga, du muasch doch an ällas nahgoschad hann!

»Jaa hender koin Mooschd do?«

*Ein zweisprachliches Gedicht auf den Liedtext von Johannes Falk:* **»O du fröhliche, o du selige . . .«**

Vers 1: *O du fröhliche, o du selige,*
Vo wega fröhlich ond selich! Gucks doch ah, diea Leid, wiea se ander vorbei sauad, mit vrbissane Gsichter. Noch Feierobend hetzad se vo oim Gschäft ens ander. Se wissad schier ed wiea macha, mit em Geld, aber s wird emma jeda ebbas kaufd, daß jo gwieß reachd ischd.

*gnadenbringende Weihnachtszeit!*
Hauptsächlich brengd se Gschenkla ond de Hausfraua noh weider Gschäft wiea sonschd, bis ällas aikaufd, butzd ond bacha ischd. Ond ed bloß für d Ahgschdellde vo de Läda ond Kaufhäuser ischd des a Gnade, wenn se an de Feierdich ihre plogade Fiaß uffs Schäßlo lega kennad.

*Welt ging verloren, Christ ist geboren:*
Sell ischd gwieß! Wemmer so weider machad, gohd Welt belder vrlora, als mir denkad. Ond daß Chrischdus gebora ischd, wer denkd do scho dra, wenner dän Berg mit Gschenkla vor sich siehd onds schier nemme vrwarda ka, mit em auspacka?

*Freue, freue dich, o Christenheit!*
Fraia solla mer ons? Auf was denn? Daß Öl onds Benzin wieder deuerer wird onds Geld weniger wert? Oder weil se sich romschdreidad, ob se gao jetzt zeha oder hondert Atomschprengköpf en a Raket aibaua sollad? Also i woiß ao ed, aber do ischd oim doch s Heila näher wiead Fraid.

Vers 2: *O du fröhliche, o du selige,*
Ja freilich, des glaobe. Solangs mit em Geld schdemmd, ischs guad fröhlich sai, ond Selichkeit hangad oim zo de Aoga raus, wemma de Jonge beim Auspacka vo de deiere Gschenkla zua guckad, aber sonschd s ganz Johr koi Zeit für se hod.

*gnadenbringende Weihnachtszeit!*
Für d Kender velleicht oder für d Gschäftsleid. Aber no muaß guad ganga. Wenns Wetter ed mit duad, kaufd doch koi Mensch warms Sach, ond no muaß so a manchs Mändale oder Wollkloid end Invendur übernomma oder em Schlußvrkauf nausdruckd werra, bloß dammer wenigschdens da Aikaufspreis no raigrieagd.

*Christ ist erschienen, uns zu versühnen:*
Jetzt sends no bald 2000 Johr her, aber d Mensch-

haid hods äwwl noed begriffa, wiea sche mers han kenndad, wemmers no ao wedad. So noch däm Motto: Älle Menscha werdad Brüader! Bloß dend se sich hald a bißle z arg an Kain ond Abl oriendiera.

*Freue, freue dich, o Christenheit!*
No derf mer sich aber koene Nochrichda mai ahöra ond koine Zeitunga lesa, sonschd vrgohd oim nemlich d Fraid! No brächd ma vor lauder Aufregung ond Angschd koi Liead mai über d Lippa!

Vers 3: *O du fröhliche, o du selige,*
Do drfür hemmer schao zviel mitgmacht. Was oin fröhlich macha kennd, des ischd dr Gedanka an diea Feierdich. Aber wemma no dradenkt, dammers Haus voller Bsuach hod, ond mer sich jo eigendlich so viel vorgnomma hod, wa mer ällas über diea Dag hod erlediga wella ond mo mer scho wochalang vor sich herschieabd, des nemmd oim ao da letschda Hauch von Selichkeit.

*gnadenbringende Weihnachtszeit!*
Do wirds wieder Hendl geh, wega de Gschenkla. Des hemmer ällas schao vrleabt. No brellad se, weils ed des geh hod, wa mer sich gwenschd hod. – Was für a Gnade für diea Menscha, mo en de Kran-

gahäuser liegad ond dradenkad, wiea schee s jetzt drhoim wär. Ond diea Leid mo alloi send, ha für diea ischd doch dui Zeit de schlemmschd!

*Himmlische Heere jauchzen Dir Ehre:*
Aber i glaob, send ao weniger worra. Bloß grad no an Weihnachda ond an de Konfermatsiona send Kircha voll. S ischd nemme so wiea em Krieag, mo ma De so naidich hod braucha kenna. Haid guckad de maischde, wiea se ao so z reachd kommad. De hoschdens hald ao arg leicht gmacht.

*Freue, freue dich, o Christenheit!*
Ja, so ischs reachd. Fraiad eich no, solanger no kennad. Solang d Riß en de Atomkraftwerk no koine Lecher send; solang de grad no d Pflanza, s Floisch onds Wasser zo dr nemma kaschd, ohne daß des omhaut. Fraiad eich, daßer no schnaufa kennad, bevor dr Smogalarm ausglöst wird. Fraiad eich, fraiad eich doch, o Chrischdaheid!

## Au, ben i heid wieder gridisch

I ben gridisch.
I ben heid granadamäßich gridisch.
I ben heid an ganz gridischer Siach.

Des wärad ihr ao,
wenner bloß drei
Schdond gschlofa
heddad!

**Wenne wießd**

I woiß ao ed,
wennes wießd
wäre gscheidr.
Abr i glaob,
s ischd gscheidr
i woiß ed,
no woiße,
daßes ed woiß,

weil,

wennes woiß,
daßes woiß,
no kanes ed
für mie bhalda,
ond no wissads
andere ao.
Wenn dieas abr
wissad, daßes woiß,
no frogad se mie
äwwl drnoch.

Aber,

wennes mol vrgiß
onds frogd ebber,
mo woißd,
daßes woiß,
ond i woiß nemme,
wiea schdande no do?
I woiß ao ed,
also i glaub,
s ischd gscheider
i woiß ed.

## Grad raus

Oh Leid,
schwätzad ao
ed so viel
hendarom,
weil des
waser
vornarom
über euch
erfahrad,
ischd
hendarom
ao ed
viel
besser.

## Em sonndichs uffs Volksfescht

Bloß ed nochlao,
drugga schieaba,
ao wenn se dr ens
Gsicht huaschdat
ond Bsoffane
an dr rommdabbad.
Amol muaß mr mit dära
Luupingbah gfahra sai,
schao, daß mers em
Gschäft vrzehla kaa.

Oemol s Gsicht wieder
an so an Gwehrkolba nadrugga,
mo dausad andere vorher
schao ihre Kopfläus
abglieferd hend.
Amol wieder a baar
Nietana kaufa
ond emma alda Weible
uff Zaiha nuff dabba.

Oemol wieder da Benzingschdank
von dr Goo-Kartbah inhaliera.
Von ma kloina Kend
a Schokladeis and Hoos
na gschmiert griega.
Sich emma überfüllda
Bierzelt an Blatz vrkempfa
ond a halba Schdond auf dui
Bedienung warda miassa.

Ond no aber genüßlich
s Maul en an Bierkruag naihenga,
mo vorher schao honderd
andere zahluggade
Kariesmäuler da Schaum
rausgsaugad hend.

Des älles muaß mer mitgmacht hann,
daß mer wieder gnuag hod für a Johr.

**Lachad jo ed**

S ischd ed zfassad,
abr s geid Leid,
diea lachad über
meine Sacha
a baar Mol.
Zerschd,
wenn ses gherd hend,
ond no nommol,
wemmas ennen
erglärd hod,
ond no noh drhoim,
em Bett,
schdrablad se
mit de Fiaß,
weil ses uff oimol
begriffa hend,
wasen han
saga wella.

Bschd, send lais, er draimd grad vo saine Schwoba. Velleicht kommder noo vo selber druff, daß mir hald ao bloß Menscha send.

**Inhaltsverzeichnis**

# Kurzbiografie von Winfried Wagner

1949
Am 5.April in Metzingen geboren. Nach Beendigung der Schulzeit, Lehre bei der Volksbank in Metzingen und zuletzt dort als Abteilungsleiter tätig.

1972 3 1/2 Jahre Fernstudium an der Hamburger Autorenschule: Schriftstellerei, Journalismus, Film-, Funk- und Fernsehautor.

1975 Drehbücher für eine Comiczeitschrift, die in sechs Sprachen übersetzt wird und in neun europäischen Ländern erscheint.

1977 Mundarthörspiele für den Südwestfunk. Silbermedaille in einem landesweiten Werbetexterwettbewerb. Gag- und Ideenlieferant für ARD-Fernsehshows.

1978 Preisträger beim Wettbewerb für Mundartautoren der Landesregierung. - Beginn der landesweiten Bühnenauftritte.

1979 Erster Auftritt im Süddeutschen Rundfunk. Ehrung durch den baden-württembergischen Ministerpräsidenten. - Beginn einer Serie von Zeitungskolumnen.

1980 Erster Fernsehauftritt. Drehbücher für das SDR-Fernsehen. 1. Buch: »Mir Schwoba send hald ao bloß Menscha«.

1981 Moderator der bundesweit ausgestrahlten ARD-Fernsehshow: »Stuttgarter Nachmittag« und Fernsehmoderator des S 3 Abendprogrammes. - 2. Buch: »Schwäbische Gschichta«.

1982 Ausstrahlung des ersten Fernsehspiels durch das SDR-Fernsehen. - 3. Buch: »Bloß guad, daß i an Schwob ben«.

1983 4. Buch: »Ons Schwoba muaß ma oifach möga«.

1984 5. Buch: »Berno«, eine Erzählung aus dem frühen Mittelalter.

1985 Hochzeit mit Sabine, geborene Werner, aus Ulm.

1986 Ständiger Kolumnist der Zeitschrift »Schönes Schwaben«.

1988 Umzug ins eigene Heim nach Dettingen. Alleinautor der wöchentlichen SDR-Hörfunkserie: »Drogerie Stegmeier« und Stammgast in der samstäglichen SDR-Sendung »Dampfradio« (seit Januar 1993 »Weekendradio«) 6. Buch: »Humor auf Schwäbisch«.

1989 Ab Juli: Freier Schriftsteller und Humorist. 7. Buch: »Mai lieaber Fraind! - Band 1« - Die heiteren Briefe des leidgeprüften Schwaben Eugen Emberle. 8. Buch: »Ebbes zom Lacha - Band I«, unter dem Pseudonym» Götz Schwäble«.

1990 Die ersten zehntausend Bücher von »Ebbes zom

Lacha« sind ausverkauft. - Mitarbeit am neuen Programm der Komedescheuer in der Mäulesmühle. - Ständiger Kolumnist der Filder-Illustrierten.

1991 9. Buch: »Ebbes zom Lacha - Band II«. Erste abendfüllende Komödie in 5 Akten mit dem Titel: »D fromma Helene«. »Ebbes zom Lacha - Band I« geht in die dritte Auflage.

1992 Start einer neuen wöchentlichen Hörfunkserie im Dampfradio, samstags im 1. Programm des SDR in Stuttgart, mit dem Team der Komedescheuer der Mäulesmühle.- 10. Buch: »Ebbes zom Lacha - Band III.« Premiere der Komödie »D fromma Helene« im Plüderhäuser Theaterbrettle.

1993 11. Buch: »Mai lieaber Fraind! - Band 2« - Premiere der Komödie »D fromma Helene« in Kitzbühel/Österreich. Übernahme der Gourmet-Redaktion für die Monatsillustrierte »Schönes Schwaben«.

1994 Fertigstellung der schwäbischen Kriminalkomödie in 5 Akten, mit dem Titel: »Flecka auf dr weißa West«. 12. Buch: »Mai lieaber Fraind! - Band 3«. »D fromma Helene« wird vom SDR-Fernsehen aufgezeichnet und ausgestrahlt.

1995 Fertigstellung der Boulevard-Komödie: »Verschollen in Kolumbien« für die Kleine Komödie in Nürnberg. Fernsehsketsche für die Mäulesmühle. Premiere der schwäbischen Kriminalkomödie: »Flecka auf dr weißa West« in Plüderhausen.

1996 In Nürnberg Premiere der Boulevard-Komödie: »Verschollen in Kolumbien«. Fertigstellung eines großen Sketschprogrammes in schwäbisch und hochdeutsch. Fertigstellung der 1. CD und MC mit Emberle-Briefen in Zusammenarbeit mit dem Süddeutschen Rundfunk und dem Musekater Musikstudio in Deggingen. 13. Buch: »Mai lieaber Fraind! - Band 4«.

## Im gleichen Verlag sind erschienen:

# Im Knödler-Verlag sind u. a. erschienen:

**Marie Richter-Dannenhauer**
A bonter Strauß Vergißmeinnicht
**Ilse Rieger**
Oder it?
**Sebastian Sailer**
Schriften im schwäbischen Dialekte
**Adolf Schaich**
Jetz isch letz
**Hilde Schill**
Moosrösle
'S Schatzkämmerle
**Heinz-Eugen Schramm**
... Er kann mich hinden lekhen
Kaum zu glauben...
Magscht mi?
Maultasche
Wia m's nemmt
Tübinger Gogen-Witze
**Karl Setz**
Dodeldum
**Lina Stöhr**
Grad zum Possa!
Hoimetkläng
**Wendelin Überzwerch**
Erzähltes und Geschütteltes
Uff guat schwäbisch
Sprache des Herzens
**Werner Veidt**
Heiter fällt das Blatt vom Baum
I möcht amol wieder a Lausbua sei
Mr schlotzt sich so durchs Ländle
O Anna Scheufele
(Alle 3 Ausgaben auch in Kassette)
**Friedrich E. Vogt**
Schwabenfibel
Schwäbisch auf deutsch
Schwäbisch mit Schuß
Schwäbische Spätlese in Versen
Täätschzeit
**Winfried Wagner**
Berno
Bloß guad, daß i an Schwob ben
Humor auf Schwäbisch
Mai lieaber Fraind! - Band 1
Mai lieaber Fraind! - Band 2
Mai lieaber Fraind! - Band 3
Mai lieaber Fraind! - Band 4
Mir Schwoba send hald ao bloß Menscha
Ons Schwoba muaß ma oifach möga
Schwäbische Gschichta
**Rudolf Weit**
Grad so isch
Net luck lao
No net hudla
**Willrecht Wöllhaf**
... was mr grad en Strompf kommt
Zwische Gold ond Silber
**Heinz Zeller**
De ei'gspritzt Supp

In allen Bändchen findet der Leser und Vortragskünstler humorvolle, bodenständige und »bodagscheite« Gedichte, Witze, Anekdoten und Prosatexte zum eigenen Vergnügen und zum Vortragen in fröhlichen Kreisen.